日神在左，酒神在右

邵燕祥自由诗一百首

邵燕祥
—著—

北京出版集团公司
北京出版社

图书在版编目（CIP）数据

日神在左，酒神在右 / 邵燕祥著. — 北京：北京
出版社，2020.4

ISBN 978-7-200-14970-8

Ⅰ.①日… Ⅱ.①邵… Ⅲ.①诗集—中国—当代
Ⅳ.①I227

中国版本图书馆 CIP 数据核字（2019）第 080093 号

总 策 划：安 东 高立志 责任编辑：司徒剑萍

日神在左，酒神在右
RISHEN ZAIZUO, JIUSHEN ZAIYOU
邵燕祥 著

出 版	北京出版集团公司	
	北京出版社	
地 址	北京北三环中路 6 号	
邮 编	100120	
网 址	www.bph.com.cn	
总 发 行	北京出版集团公司	
印 刷	北京华联印刷有限公司	
经 销	新华书店	
开 本	880 毫米 ×1230 毫米 1/32	
印 张	7.875	
字 数	88 千字	
版 次	2020 年 4 月第 1 版	
印 次	2020 年 12 月第 2 次印刷	
书 号	ISBN 978-7-200-14970-8	
定 价	68.00 元	

秋风悄悄地越过河堤，
响起一片窸窣的声息。

原来是成熟的芦苇发问：
制纸？织席？——制纸？织席？

                    1959，于黄骅流放地

漫道我思故我在，
时间折我若雠仇。
百年草木情难已，
白首西风一夜秋。

2017，于北京南磨坊路

目　录

1956

忆西湖

忽然怀旧——远山近水勾留。

我忆杭州，杭州忆我否？

人在画中，画印心头：

少年脾气，爱赋新诗不说愁。

不是乱花浅草三月，

不是飘香桂子中秋，

雨雪霏霏，冷风穿袖，湖上寻舟，

船娘笑我痴兴浓如酒。

想和靖当年孤山独守，

一树梅花，疏影横斜暗香浮；

虽吃人间烟火，不种桑麻菽豆，

无忧，空谷足音，鼓腹游。

……四季笙歌，六桥烟柳……

问是谁雪中送炭，向寒民许下万里裘。

白居易志已酬——

展复无垠，我们缝就！

白堤依旧，苏堤依旧，

山外青山，楼外又新楼；

西湖歌舞，从今真个永无休。

还他格律，放我歌喉！

〔附记〕公刘的《杭州诗稿》，唤起了我对西湖的回忆。

想到西湖，自然地联想到"最爱湖东行不足"的白居易。他时刻以民间疾苦为念："丈夫贵兼济，岂独善一身？安得万里裘，盖裹周四垠。稳暖皆如我，天下无寒人！"(《新制布裘》) 同样的意思也写进《村居苦寒》《新制绫袄成感事有咏》当中去。他做杭州刺史的时候有过这样的抱负："我有大裘君未见，宽广和暖如阳春；此裘非缯亦非纩，裁以法度絮以仁。刀尺钝拙制未毕，出亦不独裹一身。若令在郡得五考，与君展复杭州人。"(《醉后狂言酬赠萧般二协律》）这颗博大的心，我们至今感到它的温暖和搏动！对照着那位隐居在西湖孤山、梅妻鹤子的学士林和靖，我以为可以看作我国古来知识分子的两个典型。对不对，请湖山做证。

1956 年 11 月 19 日于北京

1978

最后的约定

    孙维世同志于 1968 年 10 月 14 日不幸逝世。她的妹妹新世回忆说："1968 年春节前的一天，姐姐来到我家，异常高兴，对斗争充满了信心。那天，我送她从中关村一直步行到西直门，她含笑对我挥手告别。哪知道这竟是一次永诀。那天以后，姐姐没有再来，我们原来约定在人民英雄碑前见面，我到那里等她，她没有来，再去，又没有来……后来才知道，1968 年 3 月 1 日，姐姐被大叛徒江青抓走了。……"

谁说只有狱卒和刽子手

才知道你最后的踪迹……

但不能想象，一个活生生的人

从今只存在于别人的记忆：

好像你正把煮沸的咖啡

沏到每人面前的玻璃杯里，

然后，又是你再加一把火，

点燃起大家的笑语。

在后门桥，在铁狮子胡同，

在大庆"红卫星"的农业基地，

我听到人们说："维世好像刚才还在"，

"老孙好像刚离开这里"。

你从不失信，从不爽约，

你不会忘记那地点和日期；

这么久了，时间过去这么久，

你还不来，怎么不叫人着急！

让人想起在白区街头接关系，

你绝不会让人眼巴巴地等你；

眺望你的来路，你迟迟不来，

纪念碑也沉重地矗在那里。

你没有来，你再也没有来，

没有一点影子，没有一丝消息。

不，你既然约会在纪念碑前，

你的脾气——死活也一定要重来这里。

八年过去了，又是严寒天气，

纪念碑掩面屏息，天和地吞声饮泣，

此时此刻你绝不会不到此地来，

来，你必当流泪，却绝不是为了自己……

风雨如晦。按照你最后的约定，

我们相信能在纪念碑前找到你。

并且从那时，你再也不会离开那儿，

你和人民忧乐都在一起，悲欢都在一起！

1978 年 6 月 26 日

1988

苦夏

苦夏！苦夏！热浪把沥青融化。

别骂娘！也别喊"爸爸爸"！

通俗的蝉声以嘶哑为幽雅，

热昏的人难免热昏的胡话。

老年迪斯科劲舞不休，

一百路气功从山头而下。

黑猫白猫都倦眼思睡，

老鼠过街已没人喊打。

二十年前结束了布拉格之春，

三十年前纳吉死于绞架

而中国的史页早从容地掩上

一九五八，一九六八……

地上的祸害是由于天上的灾星，

天气的异常虽是由于太阳爆炸。

热浪袭来总胜于泥石流吧，

露天乘凉就不怕房倒屋塌。

旱瓜潦枣，多甜美的西瓜。

冷饮祛暑原不如热茶。

坏孩子排队抢名烟名酒，

好孩子听妈妈给讲神话：

西湖边再造它一个雷峰塔，

不安分的白蛇镇在塔底下。

两岸同声唱"好一朵茉莉花，

有心摘又怕看花的人儿骂"。

空调的房间易犯空调病，

马路上又满了藤床竹榻。

每个人只需占两平方米，

二十亿人口也能容下。

谁在国外银行里存够了款，

就请尽早迁居出去吧：

这里地面少一个高等华人，

这里地皮少一层高级的搜刮。

原载《湘湖》1988 年第 4 期

1990

午睡

闭上窗帘　闭上眼帘

一瞬间　石英钟也黯淡了

明快又匀称　马蹄踢踏远去

客车颠簸　颠簸　不知疲倦

数着枕木　数着打更的梆子

数着铜壶滴漏　秋雨滴屋檐

音乐课上节拍器　千年万年

凝成为钟乳石　冰冷　斑斓

透明的钟乳石醒　依然

惺忪的我　依然夏日的阳光一线

从窗帘的缝隙窥我　而我发现

窗外仍在喧哗：棋局未散

1990 年 4 月 18 日

1991

鱼目

鱼目比珍珠更可贵：

曾经望穿了秋水

望穿了水中天　水外的世界

望穿风起于青苹之末

吹皱了如鳞的阳光

如鳞的云影摇摇　明明灭灭

一湾水　青苹在垂钓

从河曲至于江湖

风波浩淼

不见沧海变桑田

却几经大鱼吃小鱼

鹬蚌厮咬

沧海月明珠有泪时

眼枯无泪

忆起陷身涸辙中

相濡以沫

鱼目微湿

相约索我于枯鱼之肆

世上珍珠不多

鱼目却多如繁星

每一颗鱼目

阅尽了

人间天上水底的历史

1991 年 4 月 22 日

1997

死的意义

使讨厌的人不再讨厌。

使作恶的人不再作恶。

使可爱的人永远可爱，并转化为长长的思念。

使追求者不再追求。

使等待者不再等待。

使期望者不再期望，也从此无所谓失望。

同时使绝望者的绝望，与希望的遭遇相同。

使珍惜生命者失去其所珍惜。

使虚掷光阴者再也无可浪费。

使向往彼岸的人失去了此岸。

使为来世苦修者被迫中断苦修。

使长寿者成为长寿者。

使夭折者成为夭折者。

使长寿者和夭折者相视平等了。

这也就是庄子所说的"齐彭殇"么？

使好人永远是好人。

使坏人永远是坏人。

使正在变坏的人悬崖勒马，使正在从善的人丢掉改邪归正的机会，而前者以后者为代价，因为人间必得让好人与坏人保持一定的比例。

没有好人做参照，焉知道什么叫坏人呢？

没有坏人做衬托，又何所贵于好人呢？

这就是死亡：是结束，又是开始。

是一个实在的结束。

是一个虚无的开始。

好到流芳万古的人开始一个被人忆念的过程。

坏到遗臭万年的则开始一个被人唾骂的过程。

流芳万古直到后人弄不清何以流芳万古，只剩下一个名字。

遗臭万年直到后人只知其坏而不知其怎么个坏法，只剩下一个符号。

模糊了，遗忘了，无朽无不朽，真正的寂灭了。

寂灭即死，死即寂灭。佛家说得不错。

从具象而抽象，从形而下到形而上；人死如灯灭，是俗人百姓的悟道之言。

普通人无论如旧法"入土为安"，或是如贾宝玉说的"化为一股青烟"，瞑目也罢，不瞑目也罢，总是烟消火灭了。

只有那些不朽者，古圣先贤，帝王将相，大师名家，豪门巨富，尽管通达如陆放翁，明知"死去元知万事空"，乃至"死后是非谁管得"，但盖棺未必论定，入土亦未为安，还难免非法的盗墓者破坟暴尸，合法的文物工作者考古发掘，虽死却不得寂灭，可慨也已。

1997 年清明后二日

白鱀豚

你们，这珍贵而稀少的族群
都已相忘于江湖了么，你们
忘记了那失群的小白鱀豚
正在一池净水里苦苦浮沉

是养护还是囚禁？小白鱀豚
一圈又一圈，转不出的寂寞
孤独啊，没有谁能相濡以沫
这里还不如那干涸的车辙

黄河早断流，长江正在变黄
水温，流速，谁知会变什么样
那年轻生命所依恋和向往
还是不是梦中快乐的家乡？

当代的哲人用古文抢白我：

子非鱼，焉知鱼之不快乐

白鱀豚猛站起来：我不是鱼

让鱼去跳龙门，我告别泽国

我祖先是小小的爬行动物

为自由，到浩浩江水中游泳

有一天你们夺去我的江河

我们回陆地更自由地驰骋

1997 年 8 月 5 日

谁代寄的贺年卡

难道是 U. S. 海关的邮检

有一位来自台湾的雇员

在那年冬天，圣诞的前夜

见到我寄回北京的信函

这么轻，薄薄的一张信纸

怎么能写尽游子的心情？

寄到盼信的亲人手里

会不会失望，觉得冷清？

随手拿一张卡片装上

信封立刻添加了分量

将心比心，感谢你的厚意

愿你家永远灯明火旺

小小贺卡引起了惊奇："爸爸

干嘛寄来恁小的年历？"

仔细端详这袖珍的贺卡

10 月 10 日是套红的假期

原来是台湾印制的卡片

"爸爸寄这个真叫奇怪！"

直到我回家听说此事

想了半天也想不明白

1997 年 10 月 7 日

10 月 6 日

突如其来又仿佛意料之间
这是期待已久的一次狂欢

秋风也不像是照例的秋风
宫灯也不像是照例的宫灯
仿佛第一次仰望十月的晴空
一切显得异样，一切显得陌生

曾经朦胧地期待：有一天……
这一天来到了，竟至有些茫然

于是买酒碰杯，于是奔走相告

欢呼着好消息不再来自小道

于是走上街头，喊啊唱啊跳啊

锣鼓声中落泪，带着眼泪欢笑

那一次随着秋风而来的狂欢

隐入历史，秋风又已经二十一年

1997 年 10 月 7 日

10 月 6 日以后

并不是那秋风一过之后

无边的原野上只待丰收

还有连绵秋雨，地下的红薯

冒芽了，可怕的黄曲霉素

还有置人于死的罪名

是对"英明领袖"的"恶攻"

还有明明暗暗的周旋

原则与利益，关系和脸面

一根弦又一根弦，绷得真紧

富贵贫贱全都睡不安枕

千万道目光从一堵墙，一片广场

转向了一片星空，一座会堂

中国：徘徊够了，快向前走

当秋风吹过"78 年"的时候

1997 年 10 月 7 日

播种

热闹的马路不长草

当然也不长诗歌

那么，把诗歌的种子

播种到哪里，又用

什么来灌溉，清泉还是

浊水、蒸馏水、纯净水？

据说酒水浇愁又浇诗，那酒

却不是朱门的臭酒、沉香亭的香酒

而是天子呼来不上船的李白

在花间独酌的那一壶

白居易的家酿

在红泥小火炉上烫热

还有瞿秋白在某一个寒天

从长安市上沽来的

1997 年 10 月 22 日于枫桥

1998

死机纪感

老了，每丢掉一片碎纸

就随之忘却一段往事

这时幸亏找到了你

我的朋友，我的相知

我的旧梦，我的遐思

我的稍纵即逝的记忆

捉住萤火虫捧在手中

我都一股脑儿托付给你

你乖巧而善解人意

你的联想快捷又机智

我的助手，我的伙伴

长机和僚机一齐展翅

无讯号是最危险的讯号

就像心电图一笔平直

我呼你不应，敲你不醒

我的心倏地也一张白纸

你怎么忍心抛我而去

并且席卷我托付的秘密

冷不防地背叛剜我的心

我失去的不止一行行一字字

人说这不是寻常的"死机"

硬盘有病已没法救治

哦，你累了，再也难替我分劳

我竟还错怪你心如铁石

1998 年 3 月 11 日晨

明月在心

除了母亲，除了妻子

只有月亮

看过我梦里的笑容和愁容

除了背包，除了鞋子

只有月亮

听过我走夜路时的喘息

除了李白，除了苏轼

只有月亮

把月光和诗推到我面前

除了牛郎，除了织女

只有月亮

高悬在自然课的试卷之外

我的忘年交，缺了又圆的明镜

我若是天空，你永远在我心中

1998 年 3 月 27 日

锣鼓

我将永世诅咒那锣鼓
我曾多么热爱的锣鼓

敲啊敲啊催命的锣鼓
敲破了可怜一点快乐
又敲碎了我们的悲哀
你敲破了我们的饭碗
又要敲碎我们的锅啊

敲啊敲啊催命的锣鼓
你一记记不是敲鼓面
重棰落在我们脊梁上
你把铜锣敲出了火星
敲得人眼前冒金星啊

恨不得把鼓拆了烧火

把锣也扔进那土高炉

1998 年 5 月 10 日

1999

不明飞行物

眼科医生检查我眼中的"飞蚊"症状。

"睫在眼前常不见"，
而不明飞行物飞到眼边。

眼珠转，它也转，
像浮尘，飘不散。
左左，右右，
躲躲，闪闪。

说是飞蚊，
不是飞蚊。
寒鸦万点，
其中一点。

风中的败草？

水里的沉淀？

如梦，如烟？

疑真，疑幻？

却总是默默无言，

要与我终老相伴？

一睁眼你就在眼前，

谁说"老年花似雾中看"？

花非花，雾非雾，

莫不这就是眼花缭乱？

1999 年 1 月 13 日

2000

问答

是不是所有受过伤的人
好了疮疤忘不了疼？

因为伤痕并没有封口
所有的心埋着痛中之痛

为什么没有儿女的人
如此钟爱陌生的小生命

我们都曾经被世界抛出
罪恶人间的无罪的牺牲

你们养活着拾来的孩子
拾垃圾怎么能摆脱贫穷？

面对深邃的苦难如海

爱和憎是我们双桨的帆篷

2000 年 12 月 30 日

〔附记〕此诗记北京郊区捡破烂的陈荣、叶新夫妇收
养五个有先天疾患的儿童一事，他们自己生活困难，且已
有两个孩子。诗中说他们没有孩子，系误记。

2001

《找灵魂》跋

战后三十年，陈尸现场

只为了证明真诚之为虚妄

一个游荡的灵魂隐入书里

找来找去，找不到失踪的自己

归来啊灵魂，走向末日的审判

曾经交给了上帝还是撒旦

沧海横流，日月穿梭一瞬

愚蠢的单恋，一个人的命运

一个早慧的诗人，不结果的谎花

谁能告诉我，自杀还是他杀

做破了的梦，再不能忍受强奸

未来：能不能把梦做得好一点

唯一的安慰把心撕裂

手上没沾过别人的鲜血

2001 年 5 月 4 日

2002

一盏灯和一万万家灯火

我是一盏灯

一盏老式的路灯

站在树荫下　等你

你不来。独自神驰于往古的

元宵：一夜鱼龙舞

忽听千里外一声呼唤

"我们看灯去！"就像

你多次呼唤　我们看海去

顿时摄我的魂魄

有如迸发的焰火

腾空

待我费力地睁开眼

我已化入灯海中

什么样的神手拨亮了

神奇的浪涌　无数的鱼龙

什么样的罡风也吹不熄

滚地的闪电　稳稳地凝

定于一千盏　一万盏　十万盏

灯　如瓶　如伞　如柱

如银河里的卵石　时间之所冲洗

向日葵的花瓣　番石榴的籽实

通通注入 24 小时的

阳光　搓碎　再拼成

新的花朵　抟成新的果实　串成

新的闪光的璎珞　挂上大地的前胸

这是古镇的万家灯火

村民的宫殿　光的狂欢节

诗　画　雕塑　匠艺与科学的盛宴

谁是主人　谁是宾客

都在一片灯光璀璨中

人生只有一次　梦也只一次

我梦见了一万万家灯火

十万万家灯火

照亮万岁千秋所有的黑夜

这个梦如此古老

又如此年轻

〔附记〕宋代辛弃疾《青玉案》一词传诵千古的名句："众里寻他千百度。蓦然回首，那人却在，灯火阑珊处。"2002年11月10日，我套用其意为广东中山市古镇的"华艺灯饰"题词，说"不须回首，那人正在，灯火辉煌处"云云；于辛词似是佛头着粪，于现实则是恰如其分。

古镇现有灯饰工厂企业1400多家，其产品占全国灯饰市场份额一半以上；并成为世界最大灯饰专业市场之一。这个镇已赢得"中国灯饰之都"的美誉。

2002 年 11 月 15 日

2003

叹息桥

威尼斯有一座叹息桥，连缀在一水相隔的官府和监狱之间。今天已成旅游景点。传说不一，应该有人像黑泽明导演的《罗生门》那样加以诠释。

叹息桥
谁在叹息

有人说是贪官
从道济府的官邸
押经叹息桥
投入不远的监狱

有人却说不是贪官
而是反贪官的政治犯

刑讯后镣铐锒铛

过桥时奄奄一息

谁能告诉我

叹息桥　谁在叹息

比萨斜塔

将错就错的误会

还是存心报警

在你们的天地间

有一座大厦将倾

即使乱钟齐鸣

仍然昏睡不醒

醒着的快活地跑来

以托塔的姿态留影

三月前预订的门票

不远千里来攀登

跻身高高的塔顶

指点着，呼号声声

从那里乘兴俯瞰

脚下是万头攒动

各自在负重奔走

如蚁的芸芸众生

放心吧斜塔已加固

迎着夕阳　逆着晚风

拖下百年不变的阴影

问谁还诅咒——大厦将倾？

圣殇

我没有在《最后的审判》群像中找到米开朗基罗的踪影。我想他的灵魂是融入了最后未完成的耶稣死难像中。

在你操刀的早年　让耶稣

瞑目于玛丽亚的膝上

神圣的受难者的身体

却像玉石般光洁浑圆

哀愁笼罩着圣母的脸

却像少女　姣好而年轻

九十年　随你走到生命的终点

斗室里只剩下母亲和儿子

粗糙的玛丽亚　粗糙的臂弯里

粗糙的耶稣　呼也呼不应

最沉重是无声的哭喊

痖默里充填着粗糙的悲愤

你逡巡在这粗糙的像前

长长的寒冷的一天　然后死去

这一座没有精雕细琢

更没有打磨得通体滑润的

才是你毕生完成的杰作

斧凿痕在　历劫也不会成尘

理想主义

我如一阵风

自由地出入

于沿途的风光　风景　风烟

没人要查看我的护照

我穿行在

不设关卡的国度之间

如果整个地球上

没有政治难民　没有经济难民

没有政治犯　没有思想犯

也没有黑帮　没有海盗

没有走私　没有偷渡

更没有为了获取居留权的真假婚姻

没有非法移民

没有二等公民

而所有的边境　如和睦的比邻

所有的心贴着不设防的心

所有的民族都互相欣赏……

可惜

今天还不成

共伞避雨

从滑铁卢败下阵来　撤退

到布鲁塞尔王宫大广场

毛毛雨捻成雨丝　雨线　雨绳

抽打着两人共打的塑料小伞

抽打着广场上白色的桌椅

桌面的雨水滑到椅座上

广场音乐会今晚泡汤了

这个周末谁还有雅兴

冒着五月之夜的凄风冷雨

在露天聆听弦乐四重奏

然后在积水横流的地面上

踏着华尔兹的节奏　翩翩起舞

毫不失态　气度从容

失态啦　失态啦　等不到华灯初上

我们就随风逃窜　随雨逃窜

到广场周围古老的廊檐下

避雨　天鹅湖上四只小天鹅

只剩一只了　栖息在门楣

天鹅：是这家商行的名字

雨小了　共伞转移　才听说

遮风避雨这古楼的某个房间

曾住过年轻的马克思和恩格斯

在此写成了那篇《共产党宣言》

加加林

许久许久以前

我们呼叫大鹏金翅鸟

飞啊飞　不要停住

下面是奴隶的死所

不自由的国土

不自由的奴隶

渴望的是翅膀　飞啊飞

飞向天堂或地狱

你是苦难时代唯一的幸者

飞离这苦难的土地

去同温层上寻找自由

自由是最大的安慰

劝你的妻子不要悲伤

即使你不幸折断了翅膀

2003 年 10 月 8 日

在边缘

——献给辛笛

一生能有多少

落日的光景？

　　　　——辛笛《怀思》

将生命的茫茫

脱卸与茫茫的烟水

　　　　——辛笛《航》

有人为流向边缘叹惋

你一生从来爱边缘

传统的最后：丁香和灯

最初的现代：海和帆

海可有边缘？ 天可有边缘？

时间的圆圈　空间的圆圈

你栖息在边缘

你行走在边缘

政治是中心　你选择文学

枪杆是中心　你只要笔杆

你甚至连笔也搁下

你无权无势　游走到边缘

金钱拜物教　中心是金钱

你把它投下水　袖手在水边

高高的文坛是中心

你小小的书斋在边缘

小说是中心　诗在边缘

宏论是中心　诗话在边缘

意识形态斗争是中心

你隐向啤酒花花圃边缘

以斗人为乐的时代

你寻找时代的边缘

传统墨守者在中心　你一身现代

新潮弄潮者在中心　你满篇古典

卡夫卡才在"孤独圆里的孤独中心"

你独坐闹市　却厕身孤独之边缘

在友人簇拥里　在家的中心

你深藏诗中　而不是诗的边缘

你的诗　诗的你　望长河落日

颤动在瞬间——永恒的边缘

2003 年 10 月 26 日

（11 月 1 日在"辛笛新诗创作七十年研讨会"上朗诵）

也是母亲教唱的歌

——读诗人屠岸

长空中七彩的虹霓

大海上万里的波涛

乘长风破万里浪

那是母亲的画稿

夏天的夜晚　袅袅的

一缕披裹着冰雪的清音

是母亲的手指摁住箫孔：

环佩空归　月下的幽魂

夜灯红处　母亲以乡音

吟诵着凭栏处壮怀激烈

你踏着母语的韵脚

告别母亲　告别觅渡桥

永远的画　母亲的画稿

永远的音律　母亲的箫

伴你在所有的河边觅渡

在所有的桥边流连　驻足

即令到天涯海角　穿行在

遥远的狭窄的十四行中

你总是一步一步地踏着

母语的韵脚　应和着母亲的吟诵

2003 年 11 月 19 日

（谨以此诗献给屠岸诗歌创作与翻译研讨会）

2004

老境

只有亲人能体谅

我的颠顸，我的

可笑的老态

并且善意地挖苦

我的视而不见　听而不闻

我把说过的话说了又说

又把听来的传言

说给传言者听

而于亲人之外　我谢绝

所有掩盖着的怜悯：何必

代我掩盖身心的衰老

让我以为夕阳还很年轻

2004 年 9 月 7 日，白露

墓地天堂

墓园没有名字

人们随口叫它天堂

蓝天绿地　有乌鸦也有雁鹅

安心地觅着地上的草籽

成堆的白云缓缓踱着

云影无心地落在地面

平放着多种文字的碑铭

从九十岁到六天的生命

本应是熙熙攘攘其乐融融

此刻只剩下风声和耳鸣

这里没有上帝来分糖果

也没有小天使发射爱情

焚尸炉的烟囱冒出一缕缕

青烟　在九重天上徘徊不去

据说天上的天堂客满

只好把天堂下放大地

不管你追求没追求过

人间的天堂就在墓园

巴黎的天堂有好几个

拉雪兹神父主持的最出名

莫斯科的天堂有好几个

人人知道那位新圣母

北京的天堂也渐渐多了

第一号天堂设在八宝山

闯入的平民都分了班组

天堂也按级别排列顺序

除非你下决心不留骨灰

倒在哪里　哪里就是天堂

无论你虔诚地祈祷升天

或横下心　不怕下地狱

在死亡面前人人平等

所有的人都走向墓地

虽说不见上帝的赏赐

却有人间的鲜花和祭品

这里停息了一切纷争

二十四小时绝对安静

在这里谁都要适应寂寞

见了什么都无法再伸手

想看看鲜花只怕也看不见

闻不到花香　供果更难尝

最难忍受的必得忍受　天堂

封杀权力又禁绝欲望

2005 年 9 月 2 日

大雁的羽毛

1

我听到了　边秋一雁声

一句唐诗排成雁字

飞过邻居纯蓝的天空

我寻声而往

在它们飞过的湖边

拾到一片羽毛

褐色的　路上又一片

还有第三片　竟是大半雪白的

哦哦　我懂得了历史上

鸿雁捎书的传说

是在霜风凄紧的

上林苑　一只大雁的翎毛

如一叶飘风　使人记起了

关河冷落　出使北庭的

苏武　二十年生死不明

而两千年后　在温哥华

邻近贝加尔湖的北纬五十度上

飞来成群的加拿大鹅

尽管叫出鸿雁一样的乡音

它从落基山更北的北方

给我捎来什么信息？

2

掂量三片轻轻的羽毛

没有厮杀受伤的痕迹

润泽　精致　闪着微光

是无意中脱落　还是

有心的馈赠？

二百年后　我也不可能

像歌德或普希金

熟练地挥洒鹅毛笔

在纸上疾书缠绵的故事

理性的思辨　或　激情的倾诉

是蓝天授我以鹅毛管

而我像一片羽毛般沉默

甚至没有用我的母语

发出一声哀唳

辜负了三片异国的雁翎

珍重地收藏在手册里

2005 年 9 月 18 日，阴历中秋之晨

（温哥华时间凌晨 1 时 23 分）

冰酒

——赠痖弦

只因细细的冰酒瓶

亭亭玉立　牵念起

弥望皆白的冰雪中

累累的葡萄

只因冰天雪地中

依然饱满的葡萄

心中有酒

酒中有火

酒入愁肠

点燃我心一角的冰雪

于是

沉默化为笑语

回忆化为祝福

火热的三春　繁华的盛夏

可望而又可即的

难道仅存于逝去的记忆

2005 年 9 月 20 日

冬日查干湖

天何言哉

地何言哉

蓝靛靛的冰天

白茫茫的雪原

亮晃晃的湖面

像一百年前一样

像一千年前一样

像一万年前一样

唯有朔风行走

唯有白日照耀

唯有人在奔波

在呼喊　在舞蹈

祈祷永恒的恩典

天也宁静

地也宁静

一百年前就是这样

一千年前就是这样

一万年前就是这样

从圣洁的母亲湖

永不冻结的湖心

涌出古老的信息

鲜活的爱情　还有

年年有余的象征

奖赏自强不息的

人——永不冻结的生命

2005 年 12 月 27 日

〔附记〕郭尔罗斯草原在吉林省西北部，松花江和嫩江于此相汇。旧有郭尔罗斯前旗，1956 年 1 月 1 日改置前郭尔罗斯蒙古族自治县，有蒙古、汉、满、回、朝鲜、锡伯等多民族同胞聚居。

境内的查干湖，老地图上称"查干淖尔"或"查干泡"，在蒙古语中是圣湖的意思。20 世纪 60 年代几近干涸，鱼苇绝迹，环境和生态严重恶化。七八十年代修建引松花江水入湖的人工运河等工程，使水域面积恢复到 420 万平方公里，已为全国第七大淡水湖。我这次来，亲见了冬季冰上捕鱼的奇观，包括以传统仪式"祭湖醒网"。在厚达 1 米多的冰面上凿洞下网，胖头、鲤鱼汹涌而出，重达二三十斤以上的大鱼不在少数；听说曾有过一网打鱼四十万斤的纪录。这是亘古以来渔猎部落留下的冬季生产方式，千年以前的辽代皇帝就每年来此举行"头鱼宴"，以飨部落首领和臣僚们。我想到的却是古代以鱼传书（"遗我双鲤鱼……中有尺素书……"），以鱼寄情（"江南可采莲，莲叶何田田……鱼戏莲叶东……鱼戏莲叶南……"），以及"吉庆有余（鱼）"一类的旧典，可见在我诗以纪行时，用的是中原文化的眼光。要真正表现民情民俗中的灵魂，还是得靠当地的诗人和歌手。

清代孝庄文皇后的父母、科尔沁蒙古部落首领寨桑夫妇的陵墓，就在离查干湖不远的长山镇。孝庄未嫁时初见皇太极、多尔衮处，传说也是这一片查干湖边的草原。我在陵园里看到了冰挂即雾凇这一超尘绝俗的景观，自然与一切尘寰中事——政治风云和宫闱秘闻无关。

2006

喇叭沟门

上喇叭沟门

这是北京的尽北头啊

四十年前就想来

喇叭沟门　到了

1962 年的整风整社试点图

遥远的北京尖顶

四个小字：喇叭沟门

我寻思那喇叭沟门也许没有门

只是一道沟　一个风口

大北风白天黑夜推门揭瓦的地方

也要大会小会查谁家开了小片荒

谁家要走资本主义道路么

我早晚要上一趟喇叭沟门

不是去找那里的资本主义道路

只是去看看

看看

喇叭口朝向哪边吹

灌进来的是老北风

喇叭口该是朝南不朝北

转眼是 72，82，92，02

喇叭沟门成了一个梦

埋在心底四十年

四十年是一条成渝铁路

四十年是五个八年抗战

而我去喇叭沟门看看的远大理想

四十多年都没实现

四十岁的女儿偶然听我

泄露了心底这个秘密

立刻说走　上喇叭沟门

上喇叭沟门去　不过几小时的车程

我也说不清

为什么会走了四十多年

2006 年 1 月 8 日

关东糖

忘记是谁牵着我的手

走走，站站，两边排满年货摊

随着人群走向一老大的城门

一路买花衣裳，毡鞋帽

给我买的是粘嘴的关东糖

为什么叫关东糖呢　我想

那黑黑的城门洞就是年关

买了关东糖才能走过去

过了年关就没有糖买了

城门洞那边鞭炮噼啪山响

买了好几挂鞭炮又走出城

闹不清家在年关哪一边

关东糖粘牙张不开嘴

只能听别人数说着童谣

2006 年 1 月 8 日

人生几何

你说你生活在时空中　其实

人生囿于无数的几何图形

从彩陶和黑陶的形状与花纹

青铜器　岩画　和龟背上的文字

直到电脑制作出的各种图像

超出了从错觉中诞生的表现主义

曲和直　方和圆　标志价值和意义

据说道德听命于变动的不得已

魔鬼在瓶中　灾难在潘多拉小盒

而人　在舞动着的多维网格里

谁能逃出陷阱去观天　回头看

井口是圆　还是方？再量量天地的距离

2006 年 3 月 8 日

心之病

我厌烦了我的联想　因为
我怕我的感情或理智出了毛病

我总是在炎热的蝉声里
寻找精致的冰凉的雪花
我总是在北风扎脸的日子
发现每一朵葵花是一轮太阳

我总是在废园的残砖乱瓦里
听见往日红楼洒落的管弦
我总是在一片含笑的新居
担心雕花窗变成深深的黑洞

唉　老是离不开幻觉幻视幻听

我怕我的心　真的出了毛病

2006 年 4 月 2 日

沙尘暴

那埋葬彭加木的黄土
也将把我们席卷而去么

我们以为自己远离沙漠
但大风沙铺天盖地而来

沙尘暴随时随地吞没绿洲
连仙人掌也遭到掩埋

而比沙尘暴逼近的泥淖
已使我们陷进了一只脚

比彭加木式的失踪更不堪

是活着看到自己的葬礼

2006 年 4 月 19 日

戏说怀旧

我们多年只忆苦

从来不怀旧

直到听人怀旧时

竟是"70 后"

怀念旧朋友

怀念小时候

我也有可怀

学着怀怀旧

我也怀怀 70 年

甚至"50"后

还有"50"前
忆苦思甜没怀够

追忆 40 年代时
原来我是"30 后"

也有小朋友
也有那时候

怀旧的人可怀我？
我也是那个"旧"

2006 年 5 月 3 日

2007

郁风，一阵风，云游去了

踌躇：上天堂　还是去西班牙

马德里的蓝天　还是上帝的糖果

一幅幅餐巾留下素描的画

又一次从病房蝉蜕的快乐

别说九十一　依然一十九

永远是河边小女生的天真

早晨在前线　为抗敌奔走

黄昏长安　迎访唐代的丽人

急转的陀螺　时间的切片

故乡只一个　却无数故人故事

色彩　光影　风生于谈笑

而对丑恶从不吝质问　申斥

三月还冷　四月你试春装

云游去了　给我们留下满怀阳光

〔附记〕郁风走了。她写过那么多悼念亡友的文字，深情绵邈。今天她走了，写她却难了。她是快乐的，连说起秦城监狱的囚徒生活，每每也像讲别人的故事。她喜交游，好云游，近一年间就还跑了河南、湘西。不久以前，她说，最想去的是西班牙了，依她的脾气，这个最后的愿也是一定要还的。她去哪里都不闲着，在阿尔卑斯山下乡村小酒馆的餐巾纸上也要勾勒点线。《急转的陀螺》《时间的切片》《故乡故人故事》都是她的散文集名，"河边"一句指北京护城河，郁风幼时曾随着叔父郁达夫去河边游玩……别的就不多注释了。郁风乐观豁达，四次大手术后出院都是依然故我，谈笑风生，把快乐带给朋友。她的远行，也不需要"闲涕泪"相送，就让我们送她一阵风去自由地云游吧。

2007 年 4 月 18 日于京密路上

维也纳

松鼠在树

鸟立湖边

要跳华尔兹就到维也纳来吧

不爱音乐的不是维也纳人

垂死者死

向生者生，

当宫殿和古堡沦为废墟

生命在旋律　节奏　舞步中长存

2007 年 6 月 27 日

萨尔茨堡

古老的城市
名字叫：盐
过桥去老街
名字叫：粮食市

七百年的石板路
已经磨凹
麦当劳的招牌
改成本土风格

从海顿的故乡
到莫扎特的故乡
入耳的音乐
永久的家常饭

那个红衣大主教

建的楼像监狱

后来果然被监禁

在一座古堡里

2007 年 6 月 28 日

萨尔茨堡手记

我们不是臣民，也不是使节

背着提着箱包，远道而来

列车与班机日夜兼程，来到

小学地理书和风景明信片的

夹缝穿行：一个个残破的古堡

整旧如新的教堂，颓败的废墟

认识一个个实在的塑像　和

虚幻的身影，记不住他们的名字

大帝，国王，皇亲国戚，将军

战马，铁蹄，不可一世地驰骋

在兵家必争的咽喉

大获全胜，或片甲不留

挖出盾牌与盔甲，陈列在玻璃橱中

活着的，曾经是肥皂剧中的人物

宫闱秘事，各样的女人，

个性张扬的茜茜公主，叫不出她丈夫

是什么几世，他的名字只是

"某某的丈夫"。那个米拉贝尔，

红衣主教的情妇，空留下一个

法式花园，做了《音乐之声》的外景

而年轻的主教不能战胜

年轻的野心和年轻的情欲

最后关在他扩建的古堡，郁郁终身

直到归入茹毛饮血的历史

而古堡依旧，还将万古长新

没有战争，只有旅游的履痕

为希特勒荣归修建的专用国道上

只有森林泉水，空气清新

2007 年 6 月 29 日

〔附记〕茜茜公主在匈牙利与奥地利的博弈中帮助了匈牙利，在匈牙利被称为"圣人"，但她与丈夫的分居让她的生活不完美。美泉宫中她的（房间里青花瓷上的）画像，清秀却略带病态，神情使人想到中国古代仕女。她一生充满了压抑与抗争。

阿尔卑斯山

远山蓝色

近水渌波

阿尔卑斯在地理书上

跟喜马拉雅见不着面

喜马拉雅那边　早年的

小学生　晚岁才如愿而来

远山早已满头白雪

近水风来浪也白头

喜马拉雅　阿尔卑斯

都已老去　千年万载

山下的人类　将军和士兵

来来往往　却永远都在

不是嬉闹，而是打斗的童年

2007 年 6 月 29 日

慕尼黑广场

叩问圣母玛利亚

广场上的雕像

是不是一直如此的

凝定　宁静　安详

30 年代啤酒屋的喧哗

40 年代连番的大轰炸

你见过多少伤害

你经历多少沧桑

你眼神中的悲悯

多少年流露如常

跟那座普通市民的雕塑

流露的眼神一样

2007 年 6 月 30 日

泉水谣

在山泉水清

出山不一样

这里那里洗黑钱

水净？——钱脏？

2007 年 6 月 30 日

琉森

我来到琉森

但没有遇到列夫·托尔斯泰

从这座桥走到那一座桥

是一座花篮装点的廊桥

跟着庆祝"老城节"的队伍

又甩开队伍在湖边漫步

找不到哪个旅馆

是托尔斯泰伯爵住过的

年轻的伯爵　1857年7月

独自来到古老的琉森

我在小巷里找到一间1734年的小楼

却是1949年退职的中国外交官

白手创办的李太白酒家

托尔斯泰肯定没来过

我上桥又下桥　　上船又下船

留下琉森湖上行船　远眺　拍照的记忆

我是快乐的游客　　快乐得这么浅薄

没法和忧心忡忡的托尔斯泰相比

他的愁思　焦虑　不是为自己

而是为被歧视和蔑视的卑贱的人啊

就让那高调的论客

认为正是伯爵的悲悯

伤害了弱者的尊严

叫伪善的托尔斯泰滚开吧

1958，我戴罪劳役的时候

就听到"托尔斯泰没得用"的喊声

我成为被歧视和蔑视的卑贱的人

就在 1957 年　托尔斯泰来琉森一百年后

我在书上找到了《琉森》

我神游琉森湖边　同托尔斯泰相遇

又过了 50 年　我的肉身来到

山青水碧的琉森

似曾相识的古老街道上

东张西望

找不到伯爵托尔斯泰

我走进又走出酒店

走进又走出银行

在咖啡座小憩片刻

又踅进小礼品店

买一架小钟　能学布谷咕咕叫

在琉森没有遇到列夫·托尔斯泰

我将离去　回到东方

那生我养我却如同寄人篱下的乡土

当我快乐的时候

或是闷闷不乐的时候

我会沏一杯茶

或斟上我随手能找到的什么酒

在玩具钟"咕咕"的鸣叫声里

想象布谷鸟的飞翔

想象托尔斯泰那一晚

在琉森听到的民间歌唱

我的心　能够

跟托尔斯泰的心相通么

琉森仍在生活着

年轻的托尔斯泰却越来越老

早在我出生以前

托尔斯泰已经不在了

2007 年 7 月 1 日

〔附记〕作为题目的"琉森"，又译"卢塞恩"，是瑞士的一个古都，也是游览胜地，有一湖碧水亦名琉森。托尔斯泰年轻时，曾在1857年到过这里，并将自己的一段经历托名聂赫留朵夫（正是小说《复活》的主角），写在《琉森》一篇里。我是在20世纪60年代从《译文》上读到的（译者是谁我忘了），由此才有了对瑞士这个琉森古城和琉森湖的向往。2007年得偿夙愿，在瑞士一行中，没有去伯尔尼，没有去日内瓦，只去了琉森，寻访托尔斯泰的足迹。此篇是从手记中抄来，分行可当诗读，如读者以为过于"口水化"，那就当"散文诗"读吧（这样说，亵渎了散文诗，请谅）。

篇中提到的"托尔斯泰没得用"，是1958年夏"大跃进"中《文艺报》刊发的同名文章提出的一个命题，适应了当时的政治需要，与文化界"拔白旗，插红旗"运动批判国内作家、学者的斗争同步；也开了六七十年代把一切文化遗产谥为"封资修"的先河——"文革"中不是更有把《复活》《安娜·卡列尼娜》视为黄色小说查抄的事吗？可见善良的托尔斯泰老人，虽说列宁都曾写过纪念他的文章，可在当时的中国，也难逃挨棍子甚至焚坑封杀的厄运。

　　希望年轻的读者即使暂时不能往琉森一游，也能有机会一读托尔斯泰的短篇小说《琉森》。

森林

在森林里

没有谁只见树木不见森林

也没有谁只见森林不见树木

人迹所到　和　人迹之所不到

无处不是树木——森林

在乡村树比人高

在城里楼比树高

不管在城里　在乡村

这片国土上的定居者

一半是人　一半是树

每一个人　每一棵树　都是享有

不可侵犯的权利的

公　　民

我们佑护树

树也佑护我们

一天烟雨下

一棵一棵树

纠集成蓊郁的纵深

走不出的围城

遮天蔽日的老林

从青苍到黝黑的巨灵

与我们交递着呼吸的

远亲　又是近邻

2007 年 7 月 1 日

雨中遐想

莱茵瀑布的水星

溅成满天的雾雨

这雾雨濡湿过

沙夫豪森的摇篮

巴登 – 符腾堡的书店

斯图加特的黑森林

也曾濡湿

黑格尔窗前的天竺葵

席勒剧场的台阶么

清醒了黑格尔　历史的辩证法

嘹亮了席勒　历史的号筒

被这雨涸湿的辩证法　还灵动么

被这雨涸湿的号筒　呜咽了吧

这莱茵瀑布的水星

散成漫天的雾雨

落在斯特拉斯堡

亚尔萨斯　洛林

古老的划来划去的边界

落在《最后一课》的书页中

黑板上　小学生的眼眶和衣袖

然而谁说得清几百年

历史的攻守　进退　和　恩怨？

莱茵瀑布的水星

化为碎雾碎雨

打湿了马其诺防线两边

历史上胜败变幻无常

但失败了的正义

难道会化成历史的云烟

2007 年 7 月 2 日

法兰克福

一路上　成熟的麦子金黄

蓝天上白云也镶着金边

通通收进百年橡木大酒桶

酝酿如梦的温醇　醉人的灿烂

2007 年 7 月 2 日

1199 把马头琴

天地为之久低昂

——杜甫

1199 把马头琴

可就是那 1199 匹骏马的魂？

一阵清脆从容的马蹄声　刚刚

敲碎了原上草的绿光

忽地里乌云翻滚　簇拥

马群的洪水呼啸奔涌

淹没了所有的声音

由远而近　震颤着天心地心

1199 匹马有 1199 个骑手

我就是那 1199 个骑手之一吗

枕着惨烈的遗痕　我醒来

马死我生还　怎么能不悲哀

从此在旧战场上游荡

暗鸣的马头琴伴我歌唱

暴风雪摧塌了多难的帐篷

还要掩埋断续的琴声

又听到了　沉郁转向激昂的节奏

无边的草原上马群驰骤

每一把马头琴都不再孤独

是欢乐还是悲愤给你鼓舞

滚滚烟尘叫天昏地暗

分不清马嘶鸣　人的呼唤

真想一跃跨到马背上

就像在梦中插了翅膀

惭愧我不是烈马的骑者

马头琴却唱亮我心底的歌

2008 年 3 月 6 日追记 2006 年夏

前郭尔罗斯建县 50 年庆典上

听 1199 把马头琴大合奏印象

2009

给黄永玉贺寿

二十世纪的二十年代

沱江边的阳光和水土　抟出了

一个顽童　一个小兵

一个流浪汉　一个奏刀手

他熟悉山水的走向　每一条木纹

他是香客　崇拜美如同宗教

他是猎手　追逐线条和色彩

还要捕获跳荡的文字

收罗音符　天籁　草木的清芬

戴上鸭舌帽　衔着烟斗

你问　这不是从小到老的黄永玉吗

黄永玉　他是钟江山之灵

毓草木之秀的　人间魑魅

魑者　屈原九歌中的山鬼

魅者　蒲老聊斋里的木魅

一个不走正路的精灵

优游于诗画之间

天上地下　奇诡缤纷

所以他们管他叫牛鬼蛇神

十八般武器　样样都抓

只是为了美　为了表达

什么洋教条　党八股

全都框不住　也难不倒他

画家中的诗人　诗人中的画家

挣脱一切紧箍　一切冠冕

他只是一个画家　一个诗人

黄永玉啊黄永玉

祝你在众多的星里

只选择做一老寿星

而在你所有的称号里

我唯独欣赏和钦佩

不瓦全的湘西老刁民

2009 年 8 月 27 日

雪晴

雪晴啦。可以痛快地深呼吸啦！

第一个说"万里无云"的是聪明人，第二个就是愚笨的学舌者：你看得了万里之遥？

我知道。天气预报这回说准了，整个长江以北，一扫而晴。

你要找一块云，你要追赶着大风雪渡江而去。

我不聪明，却也不蠢。放眼青天碧四垂，是的，万里无云。

深呼吸吧！

昨天阴沉沉的天气，断断续续由小渐大下了一天的雪。

傍晚到窗前，不由得惊喜，远处平林漠漠退为背景，不知道那细碎的枝条是不是成了冰挂，只见眼前几棵还没落叶的树，所有的叶子不见了，变戏法似的，化为满树白刷刷一片，千朵万朵压枝低的，平铺紧挨着累累白花，不，是饱满的欲开未开的雪白花苞。

那时地上泥泞，我没有到树边去，一直傻看到暮色四合，视线模糊。

今天，我后悔没在一早就探望，近午，满树繁花依旧，却每一朵仿佛都小了一圈，是太阳出来了。

走到树下，时不时地由头上的枝桠间落下一掬雪花——雪化为花，落到帽檐上，肩膀上，落到脖领里，散作一汪水，让你想到秋天从树叶间筛下的雨。

地下铺满了落叶，那是一秋天迟迟不肯落下的叶子，"秋雨梧桐叶落时"就该落下的梧桐叶。有两个巴掌大小，却实在托不动那蓬松的白雪了。

邻近矮墙，那一片玉米和向日葵的空秆，还像士兵一样成排成排地站着。

那玉米棒子，那葵花籽实，已经奉献或说遭人掠夺了。高高低低的秆子已经形销骨立，但还是挺直了腰。——我懂得了，为什么叫挺直腰杆。

晚秋已过，是冬天了。它们可奉献的早已奉献了，可掠夺的也早已被掠夺得干干净净了。草木一秋，今生再也无可奉献，无可掠夺了。它们却仍列队齐整。

一直到最后，它们是不砍不倒的。

雪晴以后，砍伐者就会来了么？

没有人迹的雪地上，一两只喜鹊在忙着东啄西啄地觅食。也听不到它们金属音的鸣叫。

深呼吸吧！深呼吸吧！

上天给我以雪晴，给我以充足的氧气：我怀着感恩的心这样想着。

一呼吸间，有一丝煸锅的香味隐隐而来。

这是甘冽中的温暖。

最近看什么报上的科学珍闻，有人说，嗅觉的记忆最长久。

那香味不是来自记忆，但引起我无限的记忆。

从此，那煸锅的香味将与雪晴的印象长存我的记忆之中。

2009 年 11 月 13 日

2010

偶感

如刻舟求剑般的水文测量员，同时在测量时间的流速。

——手记

逝者如斯夫　不舍昼夜

我站在哲人曾经站立的

河川上头

哲人已随逝水而去

我还在这里木然而立

为时间做证

逝水漫过我的脚踝

时间漫过我的心头

你把一切可以带走的都带走吧

连同我的身体　我的心

但不要带走我的记忆

我的刻骨铭心的记忆

让我的记忆

化作一块礁石留在这里

满脸皱纹如刀劈斧砍

砥柱中流

垂诸永远

直到海枯石烂那一天

2010 年 5 月 5 日于杭州

2011

2月4日：12时33分立春

天文台公布的时刻

到了

我在路上

春天在哪里？

远天　只有柔弱的日光

扫着一抹淡淡的云

近处柳条没有泛黄

河没有开

雁没有来

没有唱出一个春天来的颂歌

也没有迎春的盛大仪仗

四顾悄然

卷起春饼

萝卜　青蒜　小葱

一股温热　一脉清凉

春天先我回家

在欢笑声里

咬到我齿颊间

2011 年 2 月 4 日

2012

冬至

冬至的夜

最长的夜

黑暗　寒冷

我们没有惊叫

只是轻声叹息

我们习惯了黑暗

我们瑟缩于寒冷

在这最长的夜里

我们该做些什么

黑暗　寒冷

门外的虫鸟都不见

蛰居的动物休眠了

光秃秃的落叶树

只剩下干枝在风中摇动

黑暗　寒冷

只听说有雷　蛰居在

深深的地层中

谁知道千千万万的树根

在地底感觉到温暖么

我们没有休眠

也没有假死

我们习惯了黑暗

我们瑟缩于寒冷

吃过冬至的饺子以后

我们还该做些什么

我们甚至不知道

我们该做些什么

在这最长的冬夜里

我们只是或醒或睡

等待着　等待着天明

2012 年

留守儿童

一间茅屋

在旷野

小路边

茅屋里

空无长物

屋外边

也只见

两棵树

小鸟诞生在

树上的鸟窝

小孩诞生在

路边的茅屋

那孩子

对人间

提出

第一问

太阳

在西边

鸟窝里睡下

为什么

早晨

从东边的鸟窝

爬出

一个诗人

诞生在

东西两棵树下的

小小茅屋

把他喂大的

将是

阳光

空气

和孤独

这天生的诗人

是不是命定

像他的父母

也像那鸟儿

飞来飞去

苦苦地

觅食

餐风饮露

2012 年 2 月 21 日

读郑敏诗

聂绀弩说过：写诗好比作案，
解诗便是破案了

我对爱诗的年轻人说

我不懂

我对文学院的教授说

我不懂

我对陌生的警官说

我不懂

不懂不懂就是不懂

我不能解读现代派和后现代

因为我很传统

我知道西方的哲人说

奥斯维辛之后写诗

是野蛮的　而在东方

睁着眼愣说没有奥斯维辛

我也弄不清什么野蛮或文明

我只能在一切诗的面前

闭上眼睛

我只能像一个盲人

把手抚在这本书上

一些诗句　灼痛了我的

手指　这是一位八十多岁的

母亲和祖母

燃烧在九十年代的

良知　理性　激情

2012 年 6 月 17 日急就

6 月 28 日忆写

历史的高度

在机舱旅程显示屏上，一架箭头样的小飞机，经由叶卡捷林堡，指向莫斯科。

20353 米高空上

借上帝的眼睛

透过厚厚的白云

俯瞰下界

我看见

一个古城

1918

林薮的坟坑

有人在一群尸体上

泼着镪水

我看见

一个古城

1924

有人在另一具尸体的脸上

涂抹胭脂

我浏览着

联共党史地图

不到一百年

不足咫尺

2012 年 8 月 22 日

皇村中学

80 岁的邵某，来访 18 岁的普希金

初秋的雨　断断续续飘洒着

那份凄凉　是少年人意识不到的

你向前瞩望　却也不知道

未来二十年　有什么在等待你

你耽于快乐　一次又一次着迷

甜蜜的失落转成潇洒的记忆

读到你的诗　如接到你的利剑

那流放和苦役的　是你挚爱的兄弟

告别了自由奔放的大海

秋日的天地间　驰骋着你的幽思

迷人的幸福的星辰　还未升起

你已在枪声中仆倒雪地

许多年后　又飘着断断续续的秋雨

不停地缕述遥远的记忆

不知有什么会在前面等待

好几个二十年……青春不再

远去了　普希金　恰阿达耶夫

远去了　凯恩　奥列宁娜……

生活不止一次欺骗了我

我也不止一次欺骗了自己

我手里没有闪光的宝剑

只有一枝枯涩的笔

我再也唱不出嘹亮的歌

去鼓舞人们的勇气

秋天的树　枝叶正在凋零

一个个远去了　我同辈的兄弟

不会再出现十二月党人

谁在受苦　被追杀或服劳役?

绝望中仍抱着一线希望

未来二十年将留下怎样的足迹

你呼唤的迷人的星辰　将在

哪一个早晨　照遍黑暗的大地?

2012 年 8 月 24 日

在爱沙尼亚望波罗的海

太平洋的海水

是不是

还和梦中一样的蓝？

大西洋呢

地中海呢

波罗的海呢？

波罗的海上空的云

是不是还像

几百年

几千年一样

匆匆地奔走着

缓缓地游移着

像孩子一样

跟太阳捉迷藏

变换着自己的姿态和颜色

随风漫步　快乐优游

而一旦说起百年历史

波罗的海上空的云

一朵朵　马上簇拥停驻

含愁沉下阴翳的脸

所有的云

最后化为

无数的泪滴

2012 年 8 月 24 日

邂逅戴高乐

一路走来

看不完的英雄像

数不清的将军　统帅　国王

立马　举刀

要征服脚下的人民和土地

这些

人中之狼！

而在华沙

十字街头

意外地

我遇见了戴高乐

一顶军便帽

大步铿锵！

争取胜利

准备失败

一个关键词：起义！

一个关键词：抵抗！

共同的语言

共同的希望

戴高乐

在华沙

昂藏阔步

瞭望前方

我真的相信

戴高乐参加了

华沙巷战

就像他不久前

回返巴黎一样

2012 年 8 月 27 日

萧邦

给我一个教堂

把萧邦的乡心安放

流亡者的心啊

尽管

维也纳

是欧罗巴音乐的心脏

尽管

巴黎

是世界艺术的殿堂

萧邦也不仅属于波兰

他是全人类的钢琴手

但世界公民

也有自己的故乡

把萧邦

流亡者的心

安顿在这里

告诉千秋万代人

他为什么流亡

2012 年 8 月 27 日

布拉格之秋

在 1968 年"布拉格之春"发生地——瓦斯拉夫将军大道尽头，有两位因抗议苏军干涉而自焚的捷克斯洛伐克青年烈士的照片纪念碑，他们都是大学生，碑上铭刻着他们的姓名：

Jan Palach　11.8.1948—19.1.1969

Jan Zajic　　3.7.1950—25.2.1969

四点钟　在下午

弥漫着秋日成熟的空气

羼杂着花店的花　啤酒屋的酒

面包房烤面包的香味

车行道悄悄变为步行街

布拉格人和外来客一起散步

提琴手在总统府门前

拉起了百年旋律《沃尔塔瓦河》

从鲁道夫花园走出的最后一批人

回望那面旗：总统尚未离去

却早已不是那个诺沃提尼

正常的国家　健康的城市

走向成熟的公民社会

这是过去时代的废墟

早已不见废墟的痕迹

鲜红：依然是满城耀眼的屋顶

但不再是血染的旗帜的颜色

《红色权利报》早已停刊

谎言的权利和权力结束了

大道上散步的人们

都要在这朴实的碑前放慢脚步

或者稍微停一停　看看

那两个 Jan 的脸

没有泪痕　也没有愤怒

年轻的希望　亲切地望着前面

他们　二十三岁和二十一岁

自己留在了冰封的一月　雪冻的二月

在这里　目送大家

走过了四十四个春天和秋天

2012 年 8 月 31 日

奥斯维辛二首

一

有人说这是欺人的谎言

有人说这是荒谬的设计

有人说这是无耻的舞文弄墨

有人说这是戈培尔的口气——

集中营的门楣上迎面题写

醒目的箴言："劳动——给你——自由"

我来自奥斯维辛的万里之外

却早就通晓了这句话的奥秘

二

啊，头发，一缕缕金黄的头发

或是栗色的，黑色的，都是柔软而潇洒

曾飘散在风中，在海边，梳妆台前

爱人的抚弄　母亲的摩挲

都是温存的　那时美丽而意态缠绵

即使剪下一缕也让人流连

但从秀发人头上一把把剪下撕下扯下

打包的　散落的　堆垛如乱草　可怕！

2012 年 8 月 28 日

布达佩斯印象

　　在布达佩斯，想起"匈牙利事件"和当时的裴多菲俱乐部，我们多少人曾膺"裴多菲俱乐部"的罪名？

　　　　来到布达　来到佩斯

　　　　我像多瑙河一样缄默不语

　　　　听着　看着　旧城不旧　新城不新

　　　　眺望着一座一座桥　历史的陈迹

　　　　我却没有问　坦克群从哪个街口突破

　　　　也没问　众多死难者公墓在哪里

　　　　我怕触痛这美好城市的伤心处

　　　　五十六年前　一九五六年的血迹

难道我还是那样怯懦　软弱

沉默地苟活了半个多世纪

在裴多菲像下也只草草拍了照

按捺下"若为自由故"的心迹

2012 年 8 月 29 日

拟小学一年级课文

在我们的里加

有一条大街

最初叫彼得大街

纪念彼得大帝

后来列宁来了

改叫列宁大街

后来希特勒来了

又叫希特勒大街

直到 1991 年

我们拉脱维亚

终于独立了

我们自由了

这条二百年的老街

从此叫自由大街

2012 年 8 月 24 日

2013

送别雷霆

雷霆!

我还要听你沉思后的放歌……

而你却像从远天滚滚而至,又向远天滚滚而去的,沉洪的

雷声,沉入不知何在的幽冥

那雷声,就是你雷霆一震后放歌的伴奏,或你独自沉思的

杳渺余音么?

三十四年了,第一次遇见你

风驰电掣带着轰轰的雷声驾一辆摩托而来

骗腿飞下,以雷霆为名的摩托车手,却沉稳,质朴,而且

真诚

沉稳的你，怎么能闯过那嚣张跋扈的年代，

讷于言的你，怎么能突破那谎言与诡辩的围攻？

你以质朴与真诚赢得朋友

走向中心，却又退守边缘：依然是为了不失质朴与真诚

你从华缛的舞台退守诗歌

没有形容词没有副词没有惊叹号的诗歌

退守在热闹的诗歌所遗忘的角落

几十年如一日，质朴而真诚

如向老友的低声倾诉，一句句送进倾听的耳朵

你从斗蟋蟀一般的职称竞争中退出

给更需要的同事让出名额

你更不曾赶热闹地争取加入什么

你这地下党夫妇的孩子，生于忧患，长于忧患，却甘愿退
　　居无党无派的名册

你不是失守，而是主动退守

不再进攻，不再挑战，不再风驰电掣，卖掉你的摩托车

你从中年退守老年

你从闹市退守于山林

你从写作退守到读书，如你早就从台上退守台下，从台前
　　退守幕后，从演员退守到观众席中的散座

你从历史的侧幕条边看历史，你比我们都看得透彻

我们只见你退呀退呀，不知你已经深入钻探到历史的内核

你从那里勘破了人生，勘破了使人迷惘的神秘的死：不知
　　死焉知生？

你勘破了生死的大数

你要退出病苦，退出病床，退出医院，还要退出这个扰攘
　　的社会，污染的世界

退出向一百岁进军的纵队，在四分之一世纪的生命的节
　　点——退避三舍

我不知道该用什么样的标准来评价你——

你一定既要谢绝勇者，也要谢绝智者的桂冠，什么样好听
　　的称号你也不稀罕，

你宽容地对待你的朋友，宽容地对待一切写诗的人，你是

    真正的诗人们的朋友，你是属于朋友们的诗人

雷霆！诗人雷霆！这将是你唯一接受的冠冕，它最符合你

    自由的性情。

你将再次从甘家口出发，别过真顺村①，不受任何羁绊地

    回归故乡，云游四海，并且以完全自由的身份上天入地，

    而无论天堂或地狱都会欢迎你的来访，却不需要查验什

    么劳什子身份证明。

2013 年 2 月 5 日

---

①   雷霆退休后筑居京郊昌平所在。

四月一日偶感

不知何处山水间

升腾起的云气

东一块西一块逍遥地游走

不软不硬的暖风漫过胸襟

漫过排成队的柳树

眉梢眼角绿透春消息

天没有欺骗我们

遥看近却无的草色

鸭绿仍带着鹅黄

唤起从黄变白秋草的记忆

最早探得土层的温度

悄悄地回黄转绿

送到天涯的春消息

地没有欺骗我们

天没有欺骗我们

地没有欺骗我们

欺骗我们的是谁

是充满人间的谎言

是抱着满怀谎言的

言而无信的无耻之徒

视天下人为可欺的

骗子，还是我们自己？

2013 年 4 月 1 日，西俗万愚节

我是泥做的

曹雪芹借贾宝玉之口说，

女儿都是水做的，

男儿却都是泥做的。

1

我是泥做的

不是水做的

没有水的晶莹　清澈

没有水的透明　活泼

在阳光下闪射七色虹彩

在流动中呈现千姿百态

我做人土头土脑

我说话土里土气

荒年我面有菜色

恐惧时面色如土

我听到霸蛮的声音

叱我为：一小撮！

2

把我抟成人的

一小撮

中华之土

就是社稷坛那样的

五色土

黄色土化成我的肌肤

黑色土化成我的毛发

青色土化成我的胎记

红色土化成我周身的鲜血

3

不知是耶和华还是女娲

在八十年前那炎热的五黄六月

挥汗如雨

取一小撮浙东的土

取一小撮燕北的土

蘸了之江和玉泉的水

匆忙地抟成了我

也许耶和华或女娲都老了

也许他们创世多年疲倦了

他们在我的身上

没有精雕细刻

我的眉眼倒还端正

但漫长的童年　苍白　瘦弱

4

这一方水土

把我养大

天生就懂得爱

爱吾土与吾民

知道了我所从来

多少泥做的人与我同在

你们叱我一小撮

请数数　像我这样的——

人　到底有多少千万　万万个

5

浮世的生命有多长？

而脚下的土地

与星球一样恒久

来自泥土的

迟早将归于泥土

我将如众多遗址上

星散　沉埋的陶器碎片

重新成为尘灰

融入无边的泥土

并以生命后的生命

去消解渗入了土地的毒素

2013 年 4 月 24 日

石头

不要问我从哪里来

我诞生天地之间

且无所不在

或在水里形成

或经烈火熔炼

有迹可考的

是树木变成

还带着青葱岁月的年轮

却也偶然在身上

留下冰川的擦痕

那旷古的冰川

也曾把我冲得

从西到东　从南向北

只知方向而不知里程

那时没有度量衡

随着冰川激荡

我留在山巅　我留在谷底

留在不毛之地　只有风日侵蚀

留在沙滩　磨碎成鹅卵也似

我在这里　那里　星罗　棋布

星星眨眼　而我木然　黯然

棋子进退　而我一动也不动

有陨石落我身边

这是来自远方的兄弟

哦　原来　虽为石头

也可在太空运行

横渡银河　周游亘古

越无数光年　闯大气层

发光　发热　甚至訇然有声

我不甘匍匐

我不甘沉默

我动了上山的心思

便若有神助而滚上山

终不能忘怀大地的吸引

又从山崖滚向地心

谁说我铁石心肠

我身上写下石头记

青埂峰下的人间至情

谁说我沉默　无是无非

听高僧讲道　我也曾点头示意

你们　只知蔑视石头为贱物

渺小的人类啊

百岁光阴一闪而逝

却不知石头与天地同寿

以地质和天体的纪年序齿

可笑你们竟学钻穴的蝼蚁

开山　崩石　毁坏自然的大地

还别出心裁　把石块投入粉碎机

如同你们以绞肉机绞杀你们自己

你们剖解石头　掏取中藏的璞玉

无非满足你们的虚荣和贪欲

你们还要摄取石头中珍稀的元素

用于穷奢极侈　穷兵黩武的技艺

只有漆园的庄周

嘲笑过你们的愚蠢

只有李长吉发出过挽歌般的预言

听着：

有一天

石破

天惊

逗秋雨

啊一场连绵的秋雨

2013 年 4 月 26 日

那花楸果树

然而在路上如果出现树丛，

特别是那——花楸果树……

——玛丽娜·茨维塔耶娃，1934

那花楸果树

不光出现在路上

那花楸果树

漫山遍野

出现在异乡人的

行脚途中

还是那样蓊蓊郁郁

拥着红宝石的繁花

燃烧着玛丽娜

童年的记忆

还有不为人知的

孤单的乡愁

花楸果树依然在

再也见不到茨维塔耶娃的身影

二十一世纪的花楸果树

可还铭记着百年的离忧？

2013 年 5 月 9 日

旅途

我也是个背包客

有时莽撞

有时怯怯

有时陌生

却熟悉

有时惯见

反陌生

有时意外

有时意中

天塌下来不动心

碰见小事反吃惊

别人不知我想什么

我不管别人怎么想我

只在上苍指的路上

自顾自地走过

那些山水　　田野　　房屋

那些行人　飞禽　走兽

在我来前存在着　各自存在

在我走后生活着　各自生活

我只是其中的一座　一条

一片　一只　一个

少了我一个　不少

多了我一个　不多

有时我缓缓漫步

有时我匆匆而过

地球不紧不慢　绕日而行

天地间有多少万古的过客？

2013 年 5 月 9 日

169

华丽的旗袍

张爱玲讲的故事里
有一袭华丽的旗袍

这是张爱玲笔下的旗袍
不是穿在她身上的

她没说这旗袍的质料
丝绸的　锦缎的
或是什么华丝葛
她也没说这旗袍
素色还是彩色
有没有描龙　绣凤
有没有描花　绣草

170

国王的新装是无形的

这一袭旗袍是有形的

众多的人眼见这件旗袍

欣赏这旗袍

夸赞这旗袍

从里到外　从上到下的好

堪称华丽　又时髦　更有特色

张爱玲还一眼看到了

这一袭华丽的旗袍上

粘着一只虱子　就是：虱子！

在旗袍上蠕动

在华丽上爬行

审慎地　又放肆地

从下裰踱到前襟

像一枚袖珍的别针

或徽章式的饰品

使张爱玲眼前一亮又一黑

不知为旗袍　还是为虱子

我相信　张爱玲也相信

别人也都看见了　但都没说

张爱玲说出了

这个公开的秘密

但是她没说——

这华丽的旗袍

在谁身上穿着？

2013 年 5 月 9 日

以心倾听

心心相应

天地和鸣

——写在花篮的彩带上

初夏的北京

晴和的母亲节

我以心倾听

一场

83 岁的钢琴

与 13 岁小提琴的对话

这不是节目单上

"冬天与春天的对话"

不

这是上世纪的青春

与本世纪的青春的对话

这是大唐儿女

西出阳关

寻找故人的对话

这是北京的手指　琴键　琴弦

邂逅魏玛　萨尔茨堡　维也纳

千千万万音符的对话

带着书卷气的士风

邂逅五线谱中氤氲的启蒙精神

我以我心

与一百年前　二百年前　三百年前的乐师

对话

在一片快板　柔板　如歌的行板

以至舞曲　回旋曲　谐谑曲

节奏和旋律的绵延跌宕中

陶醉于忘年的对话

谁说贝多芬久已失聪

永不失聪的

音乐的耳朵

音乐的心啊！

2013 年 5 月

〔附记〕资中筠女士和石阳小朋友，5 月 12 日在中央音乐学院琴房楼举行了《冬天与春天的对话》——钢琴与小提琴演奏会。曲目有：莫扎特《降 B 大调钢琴与小提琴奏鸣曲 K.378》，巴赫《E 大调第三无伴奏小提琴组曲 BWV1006》，李斯特《降 D 大调第三号安慰曲 S172》，张肖虎《阳关三叠——主题与变奏》，贝多芬《F 大调第五钢琴与小提琴奏鸣曲　作品 24 "春天"》。

一本书的跋

一枝笔的江山

纸上苍生　天地心

三千年的书生意气

为书而生　因书而死

以生命书写死亡通知

历史的铁栏

年代的囚徒

绝望中的希望

关不住的困兽　倾听

隐约传来的丧钟之声

2013 年 9 月 29 日

黄金台之梦

"金台夕照"是昔时燕京八景之一，取自燕昭王筑黄金台，千金买骏骨以"招贤"的典故。遗迹无存，今北京地铁在东三环设有金台夕照站……

挥手斜阳　从滚动楼梯而下

地铁深入燕国之胸腹

潘家园过了　双井过了　下一站

"金台夕照"　金台在我头上，夕照更在

金台之上　但我没下车

我要去呼家楼。两千多年前

潘家园与呼家楼何在？双井尚未开凿　那时

该已经垒土修成了黄金台

光芒四射　黄金台的光芒

比千里马快　与日月同辉

闪耀到五湖四海　不是来自

夯实的黄土　衔山的落日　而是

台上的千两黄金　一副千里马的残骸

加上熠熠生辉的金铸的鞍辔

好一个无声的呼唤　千千万万

各色的马　不用扬鞭自奋蹄

踢踢踏踏　如潮头簇拥潮头

奔来　奔来　奔来……

太行　山路上拉盐车的

江南　芳草岸拉香车的

膘肥体壮龙马精神的

毛色无光垂头丧气的

还有草原上自由驰骋过的

马呀　马呀　从韩幹的画卷

从徐悲鸿的画幅　一跃而出

飞腾而至　骏马秋风的蓟北

马群一扫而空

空留下　遍地　烟尘滚滚

所有的千里马　还有非千里马

齐聚到黄金台下

俯首套上金鞍金镫

长嘶一声　春风得意马蹄疾

撒欢而去　仰头步入

国子监　翰林院　南书房

走到哪里都不忘　翘望

紫禁城的朝晖　夕阳

牵念康熙、乾隆　念叨

御笔下的太液秋波　金台夕照

"呼家楼站到了"　金台夕照已过

地铁穹道幽深　亏得朋友拍醒：

桃花源人逃避了秦政　而不知有汉

何论魏晋　还有唐宋元明清

这个历史的小站　好山寨

不过是一个梦境的拷贝

远吗？不远　冰凉的易水边

才有颓圮的黄金台 ①

台基化入平芜　却不见黄金买来

的骏骨　千里马四散　只剩裹尸的马革

而群马的骨殖　一文不值　无处掩埋

金台何处？千里马何去？遥问

燕国末叶　奔来又奔去的那匹

是不是真正的千里马

从凛凛生寒的易水出发　跋涉关山　绝尘千里

星夜飞驰　闯入秦庭　转瞬间

撞死在大殿明柱下！？

2013 年 10 月 12 日

---

① 据《辞海》，黄金台传为战国燕昭王筑，故址在今河北易县"北易水"南。后世慕名，在今北京市和徐水、满城、定兴等县皆有台以"黄金"为名。

散步的人

在北京　在当代

有一个散步的人

他不是卢梭

也不是宗白华

他没有用脚步走出一本书来

更不是康德

他从不曾想走出一个哲学体系

他不像康德那样准时：下午四点

也没有固定的哲学小径

他走着　不是快步疾行

迈着自然散漫的步子

没有丈量江山的雄心

东张西望而无所用心

有时在早晨　避开上班的高峰

给匆忙赶路的人群让道

也不上繁华的闹市

那是青年和中年的领地

冬天他享受正午的阳光

夏天他寻找行道树的阴凉

他很少到公园和水边散步

他住处附近没有园林　没有水

他有时到露天菜市场

在萝卜白菜大葱大蒜摊边流连

想着灾年和平年不同的餐桌

和锅碗瓢盆　和公共食堂

和公共食堂解散后的日子

他不是风雅的人

也不是附庸风雅的人

他散步之前　散步之后

只随意泡一杯茶　不是品茗

但他敬佩品茗者和茶道表演者

羡慕他们的专心　细心　耐心

他说他没有勘破红尘

他有时也散步到扬尘的工地

在那里有滋有味地欣赏塔吊

就像桥上或楼上的卞之琳

即使到了纽约的唐人街

他也散步到菜馆后身

他说那里的气味　跟领事馆的

大食堂里一样　呼应着

所有记忆中五六十年代的

大食堂　不可或缺的人间烟火气

他散步　在所谓十万软红尘里

在烟深人语喧的人间烟火里

在与晴朗不共戴天的雾霾里

这个戴着帽子却不戴口罩的人

这个以散步来维持健康的人

这个以散步来排遣琐屑的人

这个戴过计步器又丢掉计步器的人

这个似乎习惯了为散步而散步的人

他的心脏正常跳动着

他的血液正常循环着

他的鼻息正常呼吸着

他无声地抵抗着来自四面八方的

有形无形的　有声无声的　死亡的威胁

他在想些什么　有谁知道

有谁能监听　监视　监测到

他此刻想起可可西里　青海湖

阿尔卑斯的雪山　英伦或浙江的湖畔

他想到的是骏马奔驰　还是卧槽做梦

他想没想到他这样从容散步

就是生命本身在巡行

一个普通生者的幸福

他曾经奔跑　向着太阳　向着风雨

他曾经跌倒　不止一次

不要人扶掖　他又艰难地爬起

他在泥泞中练了腿脚的韧性

又在干岸上试过了速度和耐力

最后　这个"老运动员"

选择了全天候的项目：散步

不是为了表演　更不是竞技夺标

他只是按照自己的心意

随性走着　走着　散步着　散步着

从 20 世纪走到 21 世纪

从蹒跚学步到从容漫步

这个在中国散步的人

这个在天地之间散步的人

他　就是我

2013 年 11 月 1 日

蓝天如染

——一个成年人的童话思维

2013 年 11 月 19 日

晴　风力二三级间四级　风过处

长空如洗　今年第一个蓝天

落叶枕藉着厚厚的落叶

一个棉猴在落叶上打滚

滚醒了冬天的春草梦

滚到仰天长啸　忽见

四围的山　圈出缸沿　而我

沐浴在巨大染缸里

如海的晴空　从蓝靛厂铺开

靛蓝　靛蓝　靛蓝

已将天地都濡染

还要把我通体染蓝！

染吧　染吧　当我大睁眼睛凝视

蓝天　就把我双眼染蓝了

我好似成了一只波斯猫

只差没有雪白的茸毛

蓝天如镜　却照不见我

是不是头发也蓝了

成了卡通画里的人物

如果鼻子也蓝了

未庄红鼻子老拱

会认我做弟兄

如果耳朵也蓝了

那就不是蜜耳朵

以颜料代糖　不要吃

如果嘴唇也变蓝

再不会"红口白牙说假话"

把我的双手也染蓝吧

告诉萧红：我跟染坊的姐姐一样

让同学们不要歧视她吧

把我的心也染蓝

写别字的同学会误为：兰心

为什么一定是丹心照汗青

蓝色的心有什么不好？　也许在梦中

早已喝了蓝墨水　据说

蓝墨水的上游是汨罗江

屈原的汨罗江

能把我的心染蓝的

可是比汨罗江浩瀚得多的

千百万里蓝天的靛蓝啊

2013 年 11 月 19 日

〔附记〕蓝靛厂为北京西郊地名；波斯猫凡纯白的，必是蓝眼睛；红鼻子老拱是鲁迅小说中人物；萧红《手》写一女孩出身染坊，因双手染蓝，受到同学嘲讽；余光中诗有云，蓝墨水是从汨罗江流来。

2014

听不到的钟声

我在金钟广场

没听到钟声

我相信亘古天地之间

充盈着

我所听不到的钟声

听不到古刹的晨钟暮鼓

听不到夜半传到客船的钟声

也听不到相伴着虔诚的祈祷

如一圈圈涟漪

淹没闪烁的星辰　　上达天听的晚钟

听不到被包围的中世纪城堡

呼唤援兵抗敌的乱钟

也听不到纸版书封面

那不知为谁而鸣的丧钟

我丢失了耳朵

但我心中此起彼伏

或急或缓的钟声

我知道

为谁钟鼓乐之

更知道

丧钟为谁而鸣

2014 年 6 月 1 日于上海

2015 　　　　　　　　　　　　　　　*

希克梅特是幸运的

我每当含服硝酸甘油

或速效救心颗粒

以平息心脏的哗变时

都想起远方的希克梅特

那皮肤微黑的

天真的诗人在监狱里

不堪激情的鞭策

吃力地追赶着心脏的急行军

还当自己在黄河边　　志愿参与

中国四十年代的内战

中国千百万的士兵和诗人

他只认得爱弥·萧一个

他不认识的中国诗人和各国诗人
却都高声抗议土耳其政府
不释放重病的诗人出监

从黄河、尼罗河、莱茵河、密西西比河、
亚马孙河、伏尔加河激起的
涛声　传到了
伊斯坦布尔　安卡拉　最高法院假释了
我们的希克梅特

明年　希克梅特来到了
北京饭店和颐和园

希克梅特　你是幸运的
你有那么多的朋友
他们的声音
不仅漫入你的牢房
也震动了层层的宫禁

而在中世纪的国度

无病的贪官因病假释

无罪的老妇

却遭拘禁

也许在你的故国土耳其

还残存着

共和国的流风余韵

2015 年 1 月 6 日

　　*拿瑞姆·希克梅特是土耳其共产党员，杰出的诗人，20 世纪 30 年代后期，被土耳其政府判了二十八年四个月的长期单独监禁。至 1950 年已服刑十三年。他在狱中患了严重的心脏病，生命垂危。是年五月，各国进步人士发起救援，对土耳其政府的非人道行为纷纷提出抗议。土政府终在七月释放诗人出狱。吕剑六月间在人民日报发表的《寄土耳其狱中》，是中国诗人就此发出的第一声。因吕剑逝世而重读这首诗，感而赋此。

我的爪印

人生到处知何似

应似飞鸿踏雪泥……

——苏轼

鸡的竹叶

犬的梅花

留在雪泥上

雪泥是会融化的

不，我不同鸡犬

我的指爪不落雪泥

而印在东坡遗留的笺纸上

一步一步一走千万步

一里一里一飞千万里

举起印着我指纹的笺纸

透明千里万里的蓝天

你可听到我的鸣叫

你可看到我的身影？

2015 年 1 月 19 日

一个早起的老人说

我活过了八十多年

每当我早晨起来

穿上昨晚脱下的鞋　恍然

又迎来生命中新的一天

冬季迟起的红日　一下

照临开向东南的明窗

这是八十年来的老相识

还是诗人们说的

每天一度的新的太阳?

我活过了八十多年

频频听到黑发人的死讯

我忽　黯然　是不是我

不应该　超过了

中国男子寿命的平均线？

是上帝忘记召回我

还是对我格外的眷顾

不，不，都不是

我如今享有的阳寿

每一年　每一月　每一天

都占用了千千万万

夭折者和早逝者　原有的额度

"众生的起点是不平等的"

我难道能够这样为自己辩护？

只因我生在大城市瓦房檐下

而不是生在茅屋草舍？

只因为一日三餐无忧无虑

而不懂得什么叫饥饿？

只因为我享受公费医疗

而不是有病只能扛着？

只因当年冲决一切的洪水巨浪

我顺流而下　还被误认为勇者？

而那么多人罹难的大灾祸　我得以逃生

并不是因为刚强　恰是由于软弱？

从二十世纪生还

我该向谁感恩

是上帝　还是真被上帝遗忘的

没活到平均寿数的死者？

是你们成了

非正常生存的牺牲

本来你们也曾是

活泼泼的生命

而我　苟活的幸存者

有负于你们

临终的眼神　嗫嚅的嘱托

我不是残疾人

但不比残疾人做得更多

我白白活过了八十多年

却不知该怎样救赎

对我同辈先死者的歉仄！？

2015 年 3 月 2 日晨

一簇繁花

好你一簇繁花
在我来前
就绽开满天星

好你一簇繁花
在我去后
还将绽开满天星

说什么
前不见古人
后不见来者

我来时

你不孤独

我去后

你也不寂寞

2015 年 9 月 2 日

深秋的三明治

今天，十月二十一

大自然享我以

一块无边的三明治

上面一层灰黑的天空

下面一层灰黑的土地

中间是深秋蒙蒙星雨

洒在一带落叶树

迟迟未落的绿色上

旧历乙未重阳

麦子开花过生日

麦子开花过生日

——忆明珠引莱阳童谣

麦子开花过生日的

是谁?

花大姐,

还是小二姐?

我是你小哥哥

也要过生日

前一天是端阳

端阳过生日

额头画个"王"

后一天是芒种

麦子出芒过生日

土里生　土里长

我也要出芒

南风吹　麦子黄

一万颗麦粒亮麦芒

2016 年 6 月 12 日

花非花，草非草

——拟童谣

你是花？

还是草？

你问谁？

我知道。

我是草，

又是花，

无名的草，

无名的花，

小草开的小小花，

没名就叫小草花。

我是花？

还是草？

转眼我也不知道。

说我是草不是花，

不是鲜花是毒草。

谁说的？

不知道。

一哇声，

乱吵吵：

快快锄，

快打倒！

只有我

不作声，

一锄把我连根刨，

扔到地边，

把我晒干了！

2016 年 6 月 25 日

悼友人 Z

1

我不知道该向谁问

是谁杀死了你

是撒旦，还是上帝？

反正我知道

你不会杀死自己

2

杀死你的

是你那里的天气

是围绕着你的听惯的语言

还有那方块字含混的意义

是没有故事的时代的公式

是打破规矩后的规矩

是众人皆梦后找不到梦

是失去勇气后剩下的勇气

3

东方和西方的哲学救不了你

老的和新的谎言更救不了你

他们以你的手杀死了你

唯有你知道谁是元凶

不管它叫撒旦还是上帝

2016 年 6 月 26 日

无题三十行

背着抱着　都太沉重

为了轻装　我卸载记忆

头脑里横竖塞满的

心里堵着一堆堆的

都是我没有刻意寻找

却不请自来的记忆

多的是沉重的　沉在心底

怕翻腾　有时难免翻腾

有一些短暂的轻快的欢欣

想留下　却一闪不见踪影

有一些无以名状的憎厌

有一些无从报复的仇恨

像无头的公案　无主的失物

刻入我衰老身体的年轮

想要卸载　却无法卸载

想要遗忘　却反而重温

学者告诉我　这是时代和历史

亲人告诉我　这是难逃的命运

跟这些记忆　你没法较真

想听天由命　又死不甘心

只好就手把它码字成行

有弦上的音符　还有弦外的余音

把所有的记忆　都写出来吧

一泻如月光　月光下水波粼粼

剩下枯槁的身体　体内的年轮

连同曾有的刻骨铭心

的厌憎和仇恨　哦　能憎才能爱

我曾有刻骨铭心的痛苦和感恩

终有一天，全付与噼啪作响的一焚

献给最后的审判。阿门！

2016 年 12 月 3 日于上海旅次

九九艳阳天

今天，3月10日，是

九九第八天

九九艳阳天

今天是第几天？

编这支歌儿的走了几年？

唱这支歌儿的走了几年？

歌儿里唱的人

早已不见

没有人再唱这支歌儿了

从那时　又过了

多少个九九艳阳天？

没人唱的歌儿　我心里唱

年年九九艳阳天里唱

年年有个九九艳阳天

今天　九九第 n 天

明天　九九第 n 天

都是南转北风二三级

都是晴好蔚蓝的天

15℃　3℃　19℃

迎春的小黄花迎着艳阳笑

九九艳阳天　明年再见

那歌儿里的人　唱歌的人

却不再回还

不再回还

2017 年 3 月 10 日

太阳的气味

太阳　你以发光的手

打开我的南窗　我的风箱

让我企起脚来　吸饱了

你太阳的气味

我从小熟悉的

太阳的气味啊

白天

晒干了露水的青草

夜晚

晾晒了一天的被子

日日夜夜环绕着我

太阳的气味

月月不变　年年不变

一年不变　十年不变

几十年不变　你是千万年不变的

光明又温暖的　太阳的气味

2017 年 3 月 15 日

立秋

此刻，2017 年 8 月 7 日

9 时 48 分

倒计时：1，2，3，4，

53 分整！

太阳与黄道……交臂

此刻，在中国有几个人像我一样

关注着太阳和黄道呢

天文台和天文站的人吗

他们是出于职业的责任感

却没有如我的好奇心　以及

由于天文知识贫乏而保有的

那点……浪漫情怀

浪漫……不只于月亮

尽管太阳光过于晃眼

难道不像月亮出没于暗夜

太阳的浪漫主义就不是浪漫主义了吗

那是在用多少数字，多少

辽阔　广袤　旷远　一望无际　多少

形容无限和无限大的辞藻

形容光与热的巨大能量

还有近于永恒的长远的时间

才能表达的浪漫主义

那不是一个人两个人的情怀

也不是世间千百万人的情怀

而是充塞天地的狂欢

立秋是什么意思？

交响乐从华彩轰鸣　转入了

如歌的行板　嘉年华上如醉如狂的

男女们放缓了步伐

让一阵秋风掠过额头

没有一夜惊秋

而注定一叶知秋的那片被选中的叶子

迟迟不动　睁大了绿色的眼睛　发愣

那是谁　说以天地之心为心

以万物之心为心

在这立秋的一刻

你在做什么　你在想什么

请告诉太阳

告诉秋风

告诉我

丁酉年立秋，十点十二分

2018

坐看

近中午的街角，为了享受
四月杪的软风与温和的阳光
我坐在去年那场最后的秋雨后
一枚落叶坐过的长椅上，而且

是有靠背的木质长椅，就像
八十年代，老舒群坐在虎坊桥南
路西的马路牙子上盯着马路
看疾行的车，更看过往的行人

今天我以动过白内障手术的眼睛
过滤着走过眼前的各色行人
他们各有各的目标，各有各的心事
根本没注意自己的姿态和风度

更没注意我虽然似乎望着他们

却关闭了双耳的助听器，隔绝了

轰鸣的车声，喧嚣的市声，各样人语

声，他们都成了无声片里晃动的人影。

有刚下班的准白领脚步匆匆

超过了老奶奶带着的学步的孩童

这一对祖孙身后，一群学生的放声欢笑

吸引着那个小孙子转身，闪着好奇的小眼睛

你们是小学高年级的，还是已经进入

初中？你们可就是将要做我从小要做

却一辈子没做成，但每逢儿童节都念道着，

无限向往的"未来的国家主人翁"？

你们不是回家吃饭，而是信心百倍地

走向未来，正像那急急如律令的准白领

正走向不断加班的写字间，那老祖母

步履从容地走向唯一的一条"回家去"的路程

这是不是老舒群在马路牙子上看到的
情景？只是人物已从 A 角、B 角换了 C、D……
路上，眼前，走动着各色衣裳的准白领，蓝领
和学生，他们的老辈，妻子和亲人

就这样，在北京当年的虎坊路，到那时
还没成型，今天已车水马龙的潘家园
在北京每一条大街，每一条胡同，以及所谓
背街小巷，每天 24 小时的 16 个小时中

像流水线上一样，川流不息地这样走着，
走着，走着……各有各的情怀，各有各的
速度，或快或慢，急如星火或优雅雍容
1980 到 1990，2000 到 2100，几十年过去了

我从那急急奔走的一群里退出来，并且取代了
老舒群，成为四月阳光下的一名观众
百岁周有光正从世界看中国，九十岁钱锺书
正从人生边上看人生，我们且从时间的湍流里

取一瓢水，痛饮也罢，慢慢品尝也罢，也曾有

春水船如天上坐的瞬间，更多是风风雨雨

波翻浪涌，一直要把你颠覆的折腾。过去了，真的

过去了吗——你可还记得经过的每段水程！？

2018 年 4 月 26 日草稿，30 日改定

望宇宙

我很冷静，一点也不激动

听着关于宇宙的新的预言

这回不是说世界末日将来到

是说宇宙还能存在一千四百亿年

一千四百亿年，到底有多长？

比未来还遥远，比乌托邦更渺茫

一千四百亿颗沙，会使恒河断流，

一千四百亿点星火，光和热等于多少太阳？

辽阔而悠久的宇宙，人只是一群蜉蝣

小小的蜉蝣，匆忙地往还，苟延残喘

偶尔也许会出现一只妄想型的蜉蝣

夸称自己能够活——万岁，千年

比起一千四百亿年的长度，万岁千年

也只是转瞬即逝的短短的一截

而宇宙将膨胀。膨胀，膨胀到无限大

迎来那长到一千四百亿年的终结

那只不知自己渺小的蜉蝣

眯着眼睛，看不见宇宙悠远的存在

独自在尘泥角落里膨胀又膨胀

一把小小的黄尘就把它掩埋

而我这只小小的蜉蝣，算术不及格

更不懂什么叫暗物质和暗能量

一边遥想着一千四百亿年后的玄幻

一边放心享受尘世间宿命的地久天长

2018 年 10 月 1 日

闻道

一头不知春秋的蟪蛄

期望能名垂青史　万岁千秋

他听说恐龙是一代霸主

便去找一位学者询问

学者说

那是许多万年前的事情

但是恐龙的时代早已过去

恐龙灭绝了　断子绝孙

学者安慰他的失望　告诉他

有一个家族从恐龙的时代以降

千秋万岁　久远绵长　至今称霸于

厨房厕所肮脏处　臭名昭著叫：蟑螂

2018 年 10 月 2 日

蝴蝶

两只黄蝴蝶

飞飞飞

天地之大，怎么知道

这里有花圃

花开正旺？

凭的是

听觉

视觉

嗅觉

还是

第六感？

我凭粗浅的记忆

早就知道

你们从一千年前

就双飞李白西园草

在两千多年前

就飞进了那个早晨

庄周的梦

是你们的身影

打开了我的第六感

我知道

这个秋天

阳光下的花圃

你们必来

两只黄蝴蝶

飞飞飞

天地之间

温暖的绝配

2018 年 10 月 4 日

万物有灵

小时候　在梦中

听到一个声音说

万物有灵

四个字　很好听

醒来不记得

这好听的声音

哪里来　哪里去

又藏在哪里——万物的灵？

树梢的风?

檐前的雨?

一弯鸽哨，还是

一队驼铃?

叮令令，叮令令……

2018 年 10 月 4 日

跟一朵云对话

云无心以出岫

——陶潜

黄金假一过，如景点废弃的门票

扔进了垃圾箱外的什么地方

扰攘的人群又走上各自的传送带

我也随大流登上高度拥挤的公交车厢

起动不久，就因堵车而暂停

我被礼让到靠窗的老弱病残席上

傍守一扇巨大的有机玻璃窗

远近的树梢大幅度摇动，风不小

车里感到节气到寒露的新凉

我庆幸自己换上了薄棉的衣物

发现窗外一朵朵白云缓缓地徜徉

万里晴空　如海的靛蓝里　那云的白
白的云　跟我在别的季节所见的一样

我说

白云　我这样称呼你　不叫你云彩
我知道你只是云彩家族中的一员
不改一身的雪白　不借太阳镶金边
也不求早霞和晚照衬托的灿烂
从六十年代藏北高原的天际线
七十年代大庆油田的汽车一路向前
到八十年代清旷的青海湖边
你一直是这样的舒卷　从容翩跹

那朵云说

我不认识你这个动物　只见你
能够直立行走　并且絮叨地发声
雅好给一切众生和物件命名
你刚才这番话　纯属于自作多情

我不知道你们把自己叫作"人"的

族类　凭什么狂妄地自称万物之灵

你以为熟悉陌生的我和我的什么家族

其实你对我什么也不知　不懂

你把我叫作云吧　我这一朵云　只是

一朵云　没有家族　也没有家庭

没有哪一朵白云或彩云是我的父母

我不是天空里哪两朵云配偶而生

明白了吗　我来自大自然的怀抱

H_2O　两个氢分子一个氧分子化合而成

感谢万物之灵的太阳以她的光和热

从水面　从地表　从泥土的缝隙助我升腾

我

哦，我知道　这个小学常识课里讲过

而文学奇妙的一课　让我们赋万物以人格

我们几千年的诗教　风雅颂　赋比兴

日月山川草木虫鱼都是我们诗人的寄托

那朵云

说穿了　我或我们都只是你们的诗料

且不问你们所谓的诗人是不是胡说八道

利用我们的哑默　你们为所欲为

你们亵渎一切　使万物蒙冤而无告

你们说风云突变　强人们杀人如草

这何干于风和云的互相追逐　快乐奔跑

你有回忆六十、七十、八十年代的权利

扯什么当时的云朵　来证明你们那一套

我虽然不熟悉你们这个人间种种

更不懂你们的诗人跳舞时戴的镣铐

但请你们再不要把我们搅进你们的诗中

以你们的褊狭　局限我们的自由和杳渺

误会了　误会了　自发的对话到此终止

我本来无意于上溯云的来历　诗的历史

竟惹得那朵云骂起了所有的诗人　所有的人

所有同样生于大自然却背叛了大自然的逆子

我惹的祸不轻　虽一不伤春　二不悲秋

但无病呻吟　强颜欢笑　岂不是我们的能事

引出这番话　眼前这朵云霍然消逝　什么时候

再遇这朵云　我将说别样的话　下一次！

2018 年 10 月 11 日

看云（初稿）

人看云

云在天

空间真浩淼

见过又别过

时间里浮沉

游近又游远

擦肩才一瞬

又变了容颜

留你在记忆

相忆一百年

看日看月

看云看天

晨晨夕夕

容光偷换

分分秒秒

月月年年

没有两段云

完全相似

只晴晴雨雨

装点着万古长天

云浓云淡

天暗天蓝

2018 年 10 月 28 日

看云（二稿）

——为李辉题"看云斋"

人看云

云在天

浩淼的空间

迢递的时间

有心？无心？

飘近又飘远

擦肩才一瞬

别去不复返

亘古的凝视

相忆一百年

无限中的有限

有限中的无限

分分秒秒

晨晨夕夕

时时刻刻

月月年年

没有两段浮云

完全相似

只是晴晴雨雨

装点着万古长天

愿云长白　天长蓝

永远　永远　永远

10月28日，戊戌霜降

2019

蚯蚓十四行

我定定地凝视双手

那粗糙干燥如黄土的手背

我定定地观察胳臂

那褶皱皲裂如树皮的胳臂

什么时候　十四行蚯蚓

隐藏进我的手臂当中

在我不知道的时候　悄悄

翻动地表下的土层

这些蚯蚓　就像我的血管

那一道道暴露的青筋

要把深土翻松　让土中的

水分　供给生命之树的老根

谢谢你　蚯蚓　默默地把一脉

生机　注入这供血不足的心

2019 年 1 月 19 日